이주엽의 팔레트

신준희 시집

시인시선 012

이우섭의 팔레트

신준희 시집

시인

시인의 말

어리석음에 의지하여
매일 산을 옮긴다
시는 나의 산
슬퍼서 아름다운
그 산을 십 년째 옮기니
이상한 산이 생겼다.

2021. 초겨울 다락방에서

叡雪 신준희

차례

제2부

제3부

제4부

제1부

자작나무 흰 그늘

간신히 건너오던
외나무다리 낡은 그 길

햇살을 만지작거리며
이석증을 앓던 그 집

흰 벽 속
해 달 별 눈 비

기다려요
당신을

망월동 봄

피지 마라 꽃들아 날지 마라 새들아

꽃샘바람 회오리 옷깃 속 파고들면

파도로 무너지는 마음 썰물 지는 봄날에

꽃 피었다 진 자리 깊게 박힌 못이 있어

뿌리처럼 얽힌 기억은 다이달로스의 미로일까

밀랍의 날개로 만든 꽃이여 피지 마라

개성댁

모두가 기피하는 방 두 칸 북향집에
몇 번째 다시 와서 못 박혀 선 늙은 여자
엇갈린 발자국소리 마당귀에 쏠린다

꽉 닫힌 창 너머에 웃자란 수심 깊어
난바다 미늘에서 뒤척이는 떠돌이별
토막 난 새벽 꿈자리 머리칼만 희었다

임진각 너른 물줄기 기슭을 쓰다듬듯
묘향산 강대나무 남으로 몸 여는 날
반쪽인 날개로라도 고향집 가고 싶다

아무도 떼지 못할 DMZ 허리에서
끊어진 철길에 핀 노을빛 목쉰 울음
산과 강, 하늘을 연다 쇠기러기 한 마리

시시포스의 시

그저 넌 무릎 꿇고 말라붙은 초침소리

절뚝절뚝 혀 빼물고 한없이 외길로 간

고독한 너의 몸짓은 무너지고 무너질 뿐

어긋난 기억들이 명치끝에 쓸리는 밤

널 놓친 그 자리엔 부추꽃 같이 핀 별

초하루 익사한 달이 유령처럼 떠 있어

버려진 한 쪽 구석 그래도 웃고 있지

불가능한 꿈은 없어 뻔한 너의 거짓말들

날마다 숨이 막혀도 숨어들 곳 너 밖에

사랑이라는 새

−최수진의 춤, 이별을 맞이하는 두 남녀

그 새는
무지개 날개

크고
아름다웠어

내 눈을 깜깜 가리고
내 몸을 친친 감고

살아선
영영 땅으로

못 내려올 것
같았어

까만 씨앗

자동차는 집 앞에서 헐떡임을 멈추었다
나무보다 더 먼 어느 곳으로부터 날아오듯
기름진 가로수 잎들은 무거운 발로 떨어졌다

빨간 사과 열 개가 든 비닐봉지를 움켜잡고
오늘 낮엔 내가 아는 한 시인이 떠나갔다
쌩하니 미끄러져 간 팔차선의 노란 택시

흰 국화로 장식된 영정사진 속에서도
시간의 잔가지를 마저 치고 있던 그녀
죽음의 무표정한 낯, 풍경너머 서성였다

무심코 손에 뱉은 사과 속의 까만 씨앗
과육을 다 준 후에 모습을 드러내는
고요한 주검 하나가 생의 중심을 잡고 있다

오렌지 들판

남자가 몸을 떤다
여자는 주저앉았다

길 잃은 바람처럼 머리칼이 흩날렸다
오후의 모래 속으로 목을 묻는 B병동

검은 나뭇가지 위
움츠린 하얀 햇발

고개를 삐죽 내민 풀꽃 한껏 흔들렸다
아무리 손을 뻗어도 미끄러지는 서녘하늘

여자가 젖무덤에서 죽은 새를 꺼냈을 때
달은 사각형이라고 남자는 중얼거렸다

새장 속 달을 물고서
산새 한 마리 날아간다

이중섭의 팔레트

알코올이 이끄는 대로
너무 멀리 와버렸다

내려야 할 정거장을
나는 자주 까먹었다

날마다
다닌 이 길은

처음 보는 사막이었다

냉이꽃

1.

꿈길에도 흐느끼는 외롭고 슬픈 순이
엷은 미소 언저리에 눈물자국 말라 있다
키 작다 볼 품 없다고
떠밀려 온 에움길

문신처럼 깊이 앉은 땟자국과 몸지린내
어둠 속 꽃처럼 핀
빨강 노랑 먼 불빛 헤며
타향에 짐 내려놓고 오도카니 서있다

2.

산허리 휘어 넘는 밤기차 바퀴소리
서리까마귀 까악까악 우짖고 간 황량한 들
헐벗은 겨울나무 사이
얼어붙은 별빛들

폭설로 끊어진 길, 안 죽고 살아나와

울 듯 울 듯 어린 나비 지친 나래 쉬어가렴

반 뼘 땅 봄 언덕마다

치마폭을 펼친다

사월이면

소식 없는 사람이여,
벚꽃만
꾸역꾸역

피고 피고
흩날리고
분가루 떡칠한 봄길로

난 혼자
거짓말처럼
슬픈 얼굴 하고 간다

레일의 기차

당신이 제게 주신 말씀들이 한 칸 한 칸…

환하게 빛나는 밤열차의 차창처럼
내 길고 긴 혈관의 레일을 달려가고 있어요
도깨비불인 양 따스하고 어쩌면 허망한 그 불빛들,
높은 산과 어두운 터널을 덜컹대면서 통과하기를
나즈막한 구릉을 지나 평화로운 들녘을 달려 어느
문 닫은 시골 역사에서 잠시 숨을 돌려 가다듬기를
이슬 어린 바람이듯 삽상히 날아올라
검은 물결 허연 파도 우르릉대는 태초의 그 바닷가

마침내 모래 둔치에 마지막 숨결 모아 치익… 당도하기를.

그물무늬나비

시계는 모든 말을
멈추고 서 버렸네

나는 활짝 창을 열고 한번 사용하면 세탁실로 곧장 가야 할
흰 홑청같이 눈부시게 웃었네 낚시 바늘처럼 그가 외로 누
워 꿈에 잠길 때 나는 빗소리를 차단하고 침대 모서리를 돌
았네
내버려 둘 일들이 너무 많아 입술꼬리를 말아 올리며 으스스
한 거울을 바라보았네

돌무덤 시퍼런 이름
왔다가네 저 나비

아라크네*의 하루

입구도 출구도 없는 사각의 링에 올라
상처보다 더 따갑게 안으로 타는 울음
날개를 퇴화시킨 건 군침 도는 먹이였지

선 채로 잠이 드는 시간의 흰 속살 딛고
신조차 시기하는 몸실로 짠 하늘지도
신 새벽 이슬 젖은 길, 공복으로 나선다

끈끈한 거미줄이다 질척한 물기 고인
때로는 외면한 채 골목 끝 숨고 싶은
꽁무니 외줄에 걸고 곡예하는 다족류

* 거미가 된 신화 속의 인물

사근진 바다모텔

산산이 깨진 술병
퉁퉁 불은 빈 담뱃갑
부러진 불꽃막대 그 누가 사랑했나
모래 위 그려 둔 하트
바람에 뒹굽니다

물거품이 쓸어가서
도로 뱉고 달아나는
지우고 덧칠하고 내려놓은 저 수웃음
구멍 난 까만 비닐봉지가
곰피처럼 떠돕니다

갈매기 허기진 눈
핏빛 노을 넘는 저녁
섬 하나 번쩍 들고도 못 버린 티끌 있나
붉은 해 지었다 허무는
파도소리 높습니다

비비추 이력서

맑은 피가 꿈이 되는 비바람에 흔들리다
불현듯 손등에 젖어 웅크린 눈물방울
비비추, 네 몸을 열면
소용돌이치는 물살

햇귀의 푸른 피톨 깊은 정적 깨트린다
파릇한 어린잎이 날숨을 가다듬는
차갑게 그린 괄호엔
오돌진 꽃대궁 하나

의자에서 밀려나와 아직껏 집을 못 찾고
인적 뜸한 밤거리, 길모퉁이 주저앉아
무두정(無頭釘) 별빛을 안고
입을 다문 친구여

언제쯤 끝이 보일까 수백 통 써낸 이력서
아물기를 마다하며 부르튼 맨발의 길
비비추, 하늘 모서리
주줄이 꽃등 환히 단다

제2부

우포 가시연

귀 떨어진 잔별 나려
마름풀로 뜨는 우포
밑바닥 맨얼굴을 숨가쁘게 감추지만
옆으로 게걸음치다 서성이는 물안개

오목하니 쟁인 시간
수궁의 빗장을 풀면
눈 덮인 제방길이 긴 탯줄로 숨을 쉰다
쇠물닭 힘찬 물질소리에 깡마른 목선은 뜨고

아스라한 저 끝까지
도착할 수 있을까
갑옷 속 날 선 가시 스스로를 겨냥하여
제 살갗 물어뜯고서야 점화되는 꽃뇌관

젖은 꿈들아, 강으로 가자

은석아 열두시엔 햄버거 집에 가자

윤경이와 하영이가 헬스장으로 간다 광수형은 돈 찾으러 은행으로 간다 병현이와 진섭이는 미친 듯이 뜀박질한다 파룻파룻 웃고 있는 인조 잔디 위에서 팔목이 툭 꺾여도 발꿈치가 아찔해도 다른 생각 낄 틈 없이 땀 뻘뻘 공을 몰다 맘 상한 일들 강 건너 골대를 향해 뻥 날려 보내고 웃으며 처음으로 달려간다 골대를 벗어난 공처럼 굴러굴러 나는 그만 강변을 걸어 집으로 간다 느긋하게 음악을 들으며 아무것도 하지 말자

무심코 뒤 따라오는 강바닥 냄새나 맡자

나무, 그 알레고리

흔들리는 나뭇잎을

다잡아 보는 하루

어쩜, 나

잘못 살았나?

빈 뭉시 끌어안고

그림자 한 길을 쌓아

그늘 한 편

이룰까

도토리 일기

막다른 골목 위로
증발된 낮달 반쪽

고시원 취업준비생
밑줄 친 책갈피에

아버지 편지 속 눈물
배접으로 어른댄다

컵라면 삼각김밥
탈각하는 긴 겨울역

봄벼랑 쪽창에 온
서늘한 햇살 들고

청춘의 떫고 쓴 응달
등성이를 넘는다

소리로 오는 가을

툭,
탁,
목 잘린 잎

갈대
저리
속닥속닥

떼를 지어 몰려가는
넥타이 점심 부대

하,
詩 팔
마누라가 올 때
두부 한 모 사오래잖아

아버지

헛바람 팽팽한 저 과자봉지
'뜯는 곳'

유통기한 1919. 03. 01 제조
        1994. 12. 25 까지

아이고 날 뜯어먹어라 흐느끼던
아버지

어머니

-연자방

바닥이 다 드러난
질항아리 박박 긁어

한 끼 밥 지어 올리는 일
목숨처럼 받들다가

찬바람
드나드는 뼈

하늘 소리
들린다

범종

돌부리에 엎어질 듯
흰 물살 내달리고

골골이 안개 숲으로 개망초 흐드러져

온몸의 세포를 열고
눈먼 쇠가 우는 시간

운판에 새긴 구름
목어와 헤엄치다

종메를 밀고 가는 만해마을 저녁 여섯시

소리가 山을 옮긴다
진흙 속 백련 벌고

갈대

물가에 발이 묶인 한 무리 새떼마냥
비상의 유전자는 늘 뼈를 마르게 했어
실핏줄 훤히 비치는 젖은 다리 곧추세워

애틋한 밑줄 하나 못 그은 채 살아온 날
흩어지는 햇빛 아래 낱알처럼 글썽였어
바람에 다 뜯긴 올이 깃발로 나부꼈어

저물녘 가까스로 땅 끝에 선 내 그림자
속씨가 까맣게 여문 늦가을 이명일까
밀치듯 떼어놓았던 분신 서늘히 끌안았어

비와 룸바를

툭, 투둑, 낮은음자리로 빗방울이 날아와요
오선지에 깜박이는 그대의 차디찬 몸
어디로 달아날까요
투 쓰리 포 원

팔분음표 잎새들이 한 옥타브 이사 가요
뿌리가 파헤쳐진 벌레 먹은 가을의 악보
계절이 막을 내릴 때
온음표로 떠는 열매

도돌이표 못갖춘마디 낙엽소리 몰려가요
서투른 스텝으로 바다로 간 빗줄기처럼
사랑이 다 저물도록
투 쓰리 포 원

매미소리

집도 없이 헤맨 도시
날개소리 싸늘하다
죽도록 날개 치다 울음 거둬 돌아가리
쓰, 쓰, 쓰,
혀짤배기 노래
흰 파도로 부서진다

잊었던 그해 여름
눈 감아야 보이는 넌
고막이 쪼개질 듯 성마르게 쏟아냈지
사랑해
사랑 사랑해… 숯불처럼 타던 고백

꺼벙한 그 눈망울
가지 끝에 떨고 있나
야윈 뺨을 스치고 간 짧은 수염의 푸른 촉각
맴돌이
나를 에워싼
날선 수위 따갑다

보충수업

허옇게 질린 낯빛 찢어질 듯 얄팍한 달

싸늘한 하늘 밑에 간신히 붙어 있는 불안한 기억,
구름장 덩어리 속으로 황급히 몸을 감추자
구렁이 허물처럼 후줄근한 골목에서
노숙 중인 바람이 한숨같이 새나오는
밤, 하늘에도 남모르게 지울 일이 있었는지
눈감고 사정없이 지운다
마구 뭉개지는 낡은 칠판…
분필 가루같이 보얗게 눈발이 날아왔다

 누군가 불규칙하게 방전하는 추억인 양

개심사 석탑

1.

해질녘 쪽마루에 걸터앉아 있어요
파르라니 풍경소리 바람에 실려 와서
더 무얼 기다리느냐
간간이 묻고 가요

마음은 이따금씩 풀여치 귀뚜라미
우는 법도 웃는 법도 하나씩 잊어가며
봄 여름 가을 또 겨울
기다리고 기다렸어요

2.

찬 새벽 돌계단 아래 무릎 꿇고 있어요
사랑과 이별이 아파 산골물소리 적막한 길
겨울산 흰 능선 너머
꽃창살문에서 막 눈 뜬 꽃

마음은 이따금씩 풀여치 귀뚜라미

잊으라 모두 잊으라 그대 울며 떠난 뒤

바닷길 벼랑 끝에 서서

나는 나를 지워요

돌멩이는 아직 아무것도 모른다

탁류다 알 수가 없다 꽃이 다 떨어졌다

그 새끼가 내 앞에서 웃잖아 씨발 새끼 소주병이 있길래 대 갈통을 까버렸지 꽃에 독이 오르면, 향기 무죄, 가시는 목이 탔지 엊저녁 잠깐 병원에 가서 사과를 했어 벽과 벽이 만나는 모서리가 좋았다 안주머니에 날선 나이프를 왜 넣고 다니는지 끝내 묻지 못했다 이리 좀 나와 봐 시야가 넓은게 속이 뻥 뚫리네 시동을 켜고는 모두 어디로 떠난다 그리고 돌아오지 못했다 이름은 떠돌다가 사라지는 소문이다 남은 구두와 실내 슬리퍼가 기다리다 지쳐간다 때때로 냉장고가 우웅우웅 정신을 가다듬는다 간직할 것도 결국은 버려야하는 것들 좁은 계단 밖으로 머그잔을 내려놓자 무거워진 문 하나가 오래 넘어진다 나는 유효하지 않다 눈물이 괴었다

가만히 영정사진을 쓰다듬을 때마다

개심사 경지鏡池

또 한 철 살겠다고
소금쟁이
맴 맴 맴

실컷 가도 그 자리 자고 깨도 흐린 거울 소금쟁이처럼 가뿐
하게 건너가고 싶었어 무거운 추억들의 연못 속을 가는 비
뿌려대며 건너가는 산안개 비밀의 돌계단은 실처럼 엉클어
졌어 철부지 길을 잃고 부처와 헤매고 싶은 그 자리, 안개는
연꽃이 되는데 얼마나 많은 시간이 걸렸을까

거울 속
말씀 다 접고
도망 나온 노랑어리연

제3부

연

─관곡지에서

꼿꼿이 선 독사처럼
기이하게 자란 긴 목

대야만한 얼굴 들고
머언 하늘 우러르다

별 담은
이슬 한 방울

바람길에 훅, 뿌린다

고흐의 해바라기

사랑은 물결치는 무거운 꽃잎 한 장

흔들리는 눈빛 속에 타오르는 노란 태양

별 헤는 사이프러스가 강물 되어 흐른다

더는 애타지 말자 내 그림자 마르는 소리

작은 병실 거울 앞에 텅 빈 날개 버려두고

한 번도 꽃 피운 적 없는 고요한 바람이 된다

프랙탈*

눈 시린 하늘 너머
얼굴 묻고 꿈을 묻고

외딴 저 해바라기 소슬한 길을 가네
흰 나비 앉을락 말락 한가로이 짧은 행간

골똘히 그물질한
아폴론의 불씨인가

살짝 바람 지나가면 중심 휘청 흔들려도
금이 간 거울 앞에서 타오르는 문장들

* 프랙탈 : 작은 구조가 전체 구조와 비슷한 형태로 끝없이 되풀이 되는 구조

청계사 가을길

잎잎이 춤추는 빛
미처 쓸지 못한 그늘

대웅전 부처 앞에 와서
실없이 벗어 던진

신발 속 쏙독새 울음
산바람이 안고 간다

참새

바흐의 악보 위로 날아 온 음표처럼
전깃줄에 높이 올라 해를 보는 참새들

라디오 볼륨을 끄고 나도 해를 바라본다

사르르 물기 도는 빈들의 바람소리
마지막 흐느끼는 건반을 조율한 뒤

장중한 아침 미사곡 겨울산을 일으킨다

참새의 또록한 발짓 그 짧은 움켜쥠으로
B단조 전깃줄은 뜨거운 크레셴도

그 선율 내게도 흘러 춤지 않겠다 내일은

능금나무

어디를 다녔을까 늙고 병든 들고양이
바람의 트랙으로 늘어선 고압선이
히잉힝 버려진 말처럼 소리 내어 우는 밤

손금 다 닳은 손으로 구름은 새를 몰고
연골이 삭은 가지 쭉정이 빈 젖 빨며
계절의 옆구리에서 씨앗들이 귀를 열고

문 닫는 잎사귀와 산자락 먼 불빛 한 점
어둠이 검정색지로 온갖 슬픔 포장하면
날개가 찢겨 돌아온 나의 꿈도 별이 된다

베란다의 엄마

선인장의 작은 몸은
사막의 눈물이다
잎이 가시가 된
차갑고 연한 몸이
조금도 위협적이지 않다
꽃을 피울 때
모래 한 잔

모래뿐인 식사를 하고
모래 집을 빠져 나간다
스무 날
서른 날
달빛 그늘 아래서
모래와 사랑을 나누고
아이를 받아 안고

번식,
가슴 밑바닥

모래 모래 또 모래
모래가 키를 넘으면
모래바람이 인다
모래 틈 모래알이 울 때
길이 몸에 돋는다

오버랩

꽃 피는 순간마다
눈 뜨고도 못 봤어

꽃 지는 순간에도
그렇게 또 그렇게

놓치고
혼자 도는 먼 길

펄럭인다
숲
개
비
집

블랙 스완

오래 산 나무처럼
찢기고 잘려나간
내 마음의 거리에 바람이 훅, 불어왔어
가다가 끊어진 종소리
햇살은 혼자 놀고

길 위에 선 기도가
눈물이 되는 시간
무대 위 깃털의 꿈이 집을 찾아 떠돌 때
손끝에 감기는 달빛
천의 얼굴로 춤추고

거미

검은 피로 집을 짓고

탄흔처럼 박혀 있다

등에 붙은 뱃구레엔

줄에 걸린 이슬과 별

팔할이

기다림이다

너무 목이

말랐다

거울

함부로 웃는 거울을 수거함에 버린 아침
푸슬푸슬 가슴팍에 안개꽃 흩는 눈발

떠나간 꽃도 새도 잊고
나무는 더 자란다

냉방에 탑을 쌓는 스티로폼 일회용기
읽다 만 어린 왕자 사막에서 별을 찾듯

밤하늘 꼭짓점에서
나는 사뭇 점이 된다

십자가 그림자가 길로 나온 성당에서
내 몫이 아닌 것들 어리석게 궁리한다

거울을 떼 낸 빈자리
눈밭처럼 새하얗다

줄장미를 위한 빗방울의 변주

나는요
노랑 분홍 색색이 빨강 장미
햇빛이 폭포처럼 날카롭게 부서져요
바람을 할퀴기 좋은 날
가시는 더 푸르러요

향기는 떠돌다가
다정히 날 더듬어도
장미의 우물에 빠져 모순에 찔려죽은
릴케의 열 손가락이
다시 피를 뿌려요

술은 더디 깨버리고
덜컥, 난 나에 갇혀
가위에 넘어진 채 식은땀을 흘리다
동굴에 빠진 달을 오려요
서툰 비의 춤을 위해

연곡 해변

1.

해당화 그 발밑은
감청빛 물결이다

 무참히 올라 온 여린 꽃봉오리마다 밤바다 달무리와 아침
햇무리가 일렁거려 차마 반쯤 눈도 뜨지 못한 채로 파도소
리 철썩대는 검은 바위 절벽에서 까치놀 빛살을 향해 맨발
솟아오르고자 팔딱팔딱 뛰는 괭이갈매기들 심장이 소금빛
억센 죽지를 폭풍 속으로 펼쳐들며

피처럼 토한 소리가
꿈길에도 들리고

2.

하얀 모래펄 밟으며
걸어온 만큼이다

 콧등 시큰한 겨울눈과 잔가시들의 기침소리가 사월의 비밀

을 꿈꾸듯 은비늘 반짝거리는데 어디에도 발붙일 곳 없는 마음의 마지막 꽃잎을 떨어뜨리면 한 점 설움도 없는 바람이 어딘가로 손을 이끌며 다시 천리 날아가자 소곤거리는데 목화 구름 머물다 간 하늘 저 귀퉁이로 천둥 번개 지나가듯 무의미한 우리 몸짓 별똥처럼 사라지네 다시 못 필 이별처럼 떨어진 꽃잎의 멍

해당화 마른 그늘이
바다를 읽고 간다

봉숭아 누이

누전 이후 정전이다
여름 한 철 누이의 사랑은

초록이다 타오른다
부끄러운 열여섯 살

제대로 울지도 못하고 선
발그레한 고운 두 뺨

겨울 과수원

언 땅에 뒹굴다가 얼어붙은 붉은 사과
한두 줄 햇빛이 와서 무른 몸을 콕콕 찔러요
아무리 흔들어대도 나무는 말이 없네요

섬광으로 흩날리는 어제 그 햇살과 바람
파랑새와 손잡고 긴 여행을 떠날 거야
온 몸이 뜨겁게 달아 꽃단장을 했지만

나무가 삼킨 그늘이 진이 빠져 늘어지듯
누가 내게 꽂은 칼도 질질 녹아 흘러요
상처가 꽃이라는 말, 아직 잘 모르겠어요

제4부

뭉크의 의자

밀물에 떠밀려온 모래 위 낡은 의자
비수가 등에 새긴 희미한 여름밤은
새들의 발자국 같다 소문 속에 휘말린

말라죽은 바다를 떠도는 그림자들
썩어가는 몸에서 꽃과 달이 자란다
노을이 모래를 털며 기다리는 내일은

짠바람 움켜쥐고 덩그러니 남은 모자
말없이 죽은 자의 비명이 따라온다
그때 난, 표를 버리고 돌아가야 했었다

한티역 7번 출구의 봄

감은 눈 흔들고 가는 홑겹의 바람 소리
얼음 녹아 흘러들어 물빛 더 흰 윤삼월에
어딜까,
물길 닿는 곳
등이 시린 섬 하나

발 저린 긴긴 밤을 손톱으로 긁어내고
환한 볕 두어 모금 마른 입술 축인 뒷날
동여 맨 마법이 풀린 듯
푸른 눈,
뜨는 나무

되감긴 필름인 듯 마중 나온 저 정거장
몇 번 거푸 갈아타야 내 별에 내리려나
궤도 속,
스크린도어
물의 은유 열린다

악어백

몸이 다 입인 백은
두려운 포식자다

악어의 억센 턱이 집요하게 날 노린다

와드득 팔꿈치부터
물어뜯을 듯한 허기

진통제와 소화제를 달고 사는 낡은 지퍼

난파된 무의식이
세한을 그리는 밤

겉장만 남은 수첩도 숨비소리 잠근다

떠내려가기 좋은 저녁 1

 수초들이 엉망으로
 쓰러져 있던데요

 바람이 무거운 발로 짓밟고 간 자국이죠 나도 바람에게 밟
혀 못 일어나고 바닥에 항복하던 젊은 날이 있었죠 수초는
일어나지 않고 물속에 처박힌 채 여름이라는 푸른 옷 한 벌
흐르게 놓아두고, 교각에 매달려 내려다보는 물살 그렇게 나
도 멀리 멀리 흘러갔으면
 바람조차 뜨거워 숨이 턱턱 막혀오는 아스팔트 위 나를 흐
르게 하는 것은 물살이 아니고 바람도 아니고 추억도 뭣도
아니고 아무것도 아닌 것 그냥 이 뜨거운 다리 위를 조금 벗
어나야겠다는 본능 그늘을 찾는 네 발의 본능 그리고 몇 개
의 사거리를 지휘하는 신호등에 왼발을 먼저 차도로 내려놓
는 버릇 그리고 그때마다 건너편에서 내용도 모르고 웃던 사
내 내 눈을 찌르고 들어오던 사내

 바람에
 밟혀 죽을 뻔한 날들
 다 잊고 난 뛰어간다

떠내려가기 좋은 저녁 2

장마전선 북상 중
흐린 자막 앞에 놓인 돌

그끄저께 강에게서 받아 온 비단돌의 묵직함
그저께 나는 세 조각으로 남겨진 풋사과
어제는 베란다를 찾아든 참새 울음방울 또 빗소리
거울을 천으로 가려두고 늦은 외출을 했다
샛강은 그새 물이 불어 있다
토즈 무 8학인의 의지 밑에 비려진 언습 8 슈즈
떠내려가기 좋은 저녁이다
히트 상품이라고 허스키로 내지르는 메뉴 틈에서
천 원짜리 스몰사이즈 아이스커피를 발견했다
플라스틱 의자에 앉아 나는 티비에 몰입했다
춤추는 래퍼의 흠뻑 젖은 의상과 분장
잘 들리지 않는다 노래는

사각의 방에 갇혔다
구름 사이 잘박대는 사람들

지국총 지국총

지워야 하겠지요 가을이란 지우개로

국화꽃 싸한 끝말 소쩍새며 천둥이며

총천연 색으로 물든 내 마음의 오지까지

지우지 못한 그림 붉은 지붕 하얀 모래

국과 밥 둥근 말소리 품어야 하겠지요

총체적 난국에 처한 산과 바다 들꽃까지

보랏빛 입술이 풀렸다

웅크린다 오백그램의 태아가 웅크린다

빗소리만 들린다 차소리가 지나간다 벌레를 물고 날아든 참
새가 베란다에 서 있다 이따 오후에 가도 될까 방바닥에 흩
어진 머리카락을 집어낸다 지난 달 남양읍에 왔어 그럴 적에
도, 허리를 굽혀 머리카락을 집어 올리고 창을 밀었지 팔을
길게 내밀고 손바닥에 빗방울을 받는다 덩굴식물처럼 감으
면 놓지 않는 초록의 감정 사람이 솔직해야지 안그래? 여자
는 밋밋하게 엘리베이터 버튼을 누른다 올라가고 내려가고
문을 열고 다시 닫고 조금도 가까워지지 않는 한 사람이 타
고 있다 웅크린다 웅크릴수록 눈물이 새나온다

언제나 줄을 놓으면 풍선처럼 달아나는 추억

세밑

그믐달
아래 앉은

흩옷의 흰 머리칼

구청 앞
눈 내린 뜰

석상으로 굳어간다

부도난
설이 다 지면

초승달로 오기를

꽃바구니를 위하여

엄마는 정상이 아니야

귀청이 떨어졌네

우리도 정상이 아니야

눈앞이 깜깜했네

정상을

의심치 않았지만

오는 봄

잡을 수 없었네

노숙

비오는 날 눈에 힐끗
모시나비 지나간다

무거울 것도 없는
손톱만한 작은 날개

한 평생
날아온 곳이

서울역 쪽잠이라니!

몽유가 아니라 비라고 적었다

한 덩이

식은 구름

웅덩이에 괴어 있다

오른발이었나

왼발이었나

데벨로페*

발롱*

발롱

피멍든

발톱, 발가락

토슈즈를 적신 피

*데벨로페 : 발레의 용어로 한쪽 다리를 들어올려서 완벽하게 균형을 맞추는 동작
*발롱 : 발레의 용어로 도약하는 동안 공중에 머물러있는 듯이 보이게 하는 기술

퀼트기초

짧은 바늘 꼭 쥔 손끝 마비된 듯 어둔해도

자투리 헤진 올 틈에

거미줄 친 마음 한 조각

그물 속 볕뉘를 꿰어 리듬인 듯 점과 선을…

자도르

아담과 이브의 사과
이 속에 있는 거

맞는 말 그럼그럼 이부자리에 사과를 쏟아놓았다 내
사과에서도 푸른 사과가 쏟아져 나온다 이 많은 달달
한 사과들 어디로 가는 걸까 사람이 보고 싶어 나갔다
헌데 왜 그만 사과에 사로잡히고 말았는지 목에 가시
처럼 박힌 사과씨 사과씨 하나가 사과나무로 자라나서
사과나무에 나를 가두고 부끄러운 입술을 사과꽃으로
매다는 동안 사과는 구르고 지구처럼 굴러굴러 해저녁

당신 꼭 숨기 좋겠다
정말 정말 숨기 좋겠다

마치 금방이라도 사라질 듯

정물로 멈춘 빛이 문틈에 끼어 있다
아무것도 못하고 지쳐버린 벽에 걸려
시계는 한풀 꺾인 강박처럼 딸꾹질을 해댄다

식탁에서 낯선 얼굴이 가냘픈 숨을 쉰다
파장인 마차에서 거품 물고 피는 꽃을
누군지 리시안이라고 나지막이 불렀다

숨 막히는 플라스틱 물통이 생의 전부였을 너
꽃장수의 가위에서 맨발로 뛰어내린
리시안 흐릿하고 밍밍하기 짝이 없는 그 체취

스위치를 끄면 까무룩 길을 잃는 형광물질 같이
종일 부르튼 줄기의 단면에선
미쳐서 손목에 그은 주저흔이 발견된다

맹수의 숨소리와 거리를 두는 습성일까
마치 금방이라도 사라질 듯 오래된 표정
그 등 뒤, 슬픔을 위해 흔들린다 모든 빛이

담쟁이 DNA

추락한 바닥에서 뼈대만 겨우 남아
마침내 경매로 넘어간 2003호 빈 둥지
가슴 속 시린 별자리
무릎 꺾은 벽이 있다

이름 모를 풀꽃 앞에 가만히 앉고 싶은 봄
고래실업 익스프레스 사다리차 올라간다
불황을 거슬러 오른
저 아뜩한 경사각

한치 앞 안 보여도 맨몸으로 밤을 건너
저 혼자 고치를 벗고 날아든 햇살처럼
말없이 사표 낸 딸이
담을 돌아오는데

바람에 넘어질 때마다 눈물은 더 단단해져
잘라도 다시 움트는 욕망을 복제하며
외줄기 서늘한 목숨
푸른 생을 못 박는다

존재의 무미와 재미 · 신선함의 경계

이지엽

경기대학교 국어국문학과 교수 · 시인

1, 모더니즘의 미학

포스트 모더니즘이후 세계의 시문학은 존재의 '무의미성'과 허무의 세계로 더욱 심화되는 양상을 보이고 있다. 우리의 시학도 그런 양상임을 대체적으로 수긍할 수밖에 없는데 미래파 시인들이 추구하는 방향도 여기에서 멀지 않기 때문이다. 시조에서도 미미하게나마 이러한 움직임이 포착된다. 그렇지만 형식의 제약으로 인해 제한적일 수밖에 없는데 여기 신준희 시인의 시편들에서는 모더니즘의 기류를 강하게 포착할 수 있다.

알코올이 이끄는 대로
너무 멀리 와버렸다

내려야 할 정거장을

나는 자주 까먹었다

날마다

다닌 이 길은

처음 보는 사막이었다

– 이중섭의 팔레트」 전문

「이중섭의 팔레트」는 동아일보 신춘문예 당선작이었다. 단
시조 작품이 당선작으로 선정된 것도 이채로웠지만 서정적
인 수준에서는 쉽게 이해되지 않는 작품의 내용면에서도 가
히 충격적이었다. 당시 심사를 맡았던 이근배, 이우걸 선생
은 동아일보 심사평에서 이렇게 적고 있다.

　　이중섭이란 이름은 낯설지 않다. 오히려 소재로는
　식상하다. 그러나 화가의 아내가 서귀포시에 기증한
　팔레트에는 아직도 물기가 마르지 않아서 이렇게 섬
　뜩하고 아름다운 그림을 그려 놓았다. 알코올이 환
　기하는 정상적이지 않은 삶, 정거장이 은유하는 생
　의 여러 고비를 어느 날 이중섭은 사막처럼 느꼈을
　까. 이러한 상상은 화자 한 사람만의 자의적인 해석

이 아니라 가파른 삶을 살아가는 우리 모두가 공감할 수 있는 체험의 풍경이다. '날마다/다닌 이 길은//처음 보는 사막이었다'의 극적인 비약은 얼마간의 난해성이 시의 매력일 수 있다는 사실을 증명하는 절창이 아닐 수 없다.

사실상 단시조를 신춘문예에서 신뢰하기 힘든 부분이 있지만 심사자들은 신춘문예의 "최근 당선작 유형으로 굳어져 버린 안이한 연시조에 대한 경종을 울리고 기본형인 단시조의 중요성을 강조하기 위해" 이 작품을 선정했다고 밝혔다. 그러면서 덧붙여 이런 결정을 할 수 있었던 것은 당선자의 다른 작품인 「개성맥」, 「개심사 석탑」 등 연시조에서 받은 신뢰 때문이라고 적고 있다. 아무튼 단시조로 당선작의 반열에 오르면서 「이중섭의 팔레트」는 대번에 문단의 화제작이 되었다.

이 작품은 우리 시조 시단에 모더니즘의 미학을 구체화시킨 흔치 않은 단시조라는 점에서 의미가 있다. 모더니즘의 미학은 정서적 우세에서 지성적 우세로, 현실에 대한 초월적 태도에 대하여 비판적 적극성을 내포하고 있는 특성이 있다. 기존의 리얼리즘과 합리적인 기성 도덕, 전통적인 신념 등을 일체 부정하고, 극단적인 개인주의, 도시 문명이 가져다 준 인간성 상실에 대한 문제의식 등에 기반을 둔 문예사조인 셈이다. 후기모더니즘은 전기모더니즘으로부터 이탈하여 그 극복을 지향하는 양상과, 존재의 '무의미성'과 허무의 세계로 더욱 심화되는 두 가지 양상을 보이고 있다. 이중섭이 생전에 걸었던 삶은 너무 우울하고 누추하고 고독하였다. 한국전쟁이 일어나고, 그는 자유를 찾아 원산을 탈출, 부산을 거쳐 제주도에 도착하였으나 다시 생활고로 인해 부산으로 돌아가기도 했다. 이 무렵 부인과 두 아들은 일본 동경으로 건너갔으며, 이후 1953년 일본으로 건너가 가족들을 만났으나 며칠 만에 다시 귀국, 이후 줄곧 가족과의 재회를 염원하다 1956년 정신이상과 영양실조로 40세의 젊은 나이에 죽게 된다. 알코올에 젖어야만 견딜 수 있었고 '정거장'도 제대로 된 '집'도 없었다. 그리고 날마다 붓질을 하는 것이 생활에는 전혀 도움이 되지 않는 "처음 보는 사막"과도 같은 행위에 지나지 않았으리라.

남자가 몸을 떤다
여자는 주저앉았다

길 잃은 바람처럼 머리갈이 흩날렸다
오후의 모래 속으로 목을 묻는 B병동

검은 나뭇가지 위

움츠린 하얀 햇발

고개를 삐죽 내민 풀꽃 한껏 흔들렸다
아무리 손을 뻗어도 미끄러지는 서녘하늘

여자가 젖무덤에서 죽은 새를 꺼냈을 때
달은 사각형이라고 남자는 중얼거렸다

새장 속 달을 물고서
산새 한 마리 날아간다

– 「오렌지 들판」 전문

「오렌지 들판」 작품의 분위기는 상당히 어둡고 황량하다. "오후의 모래 속으로 목을 묻는 B병동"이니 삶과 죽음이 교차하는 공간이다. 남자는 슬픔에 휩싸여 있고 여자는 절망하고 있다. 죽음이 검은 나뭇가지 위에 앉아 있다. 하얀 햇발이 여리고 가늘기만 하다. 얼마 남지 않는 목숨처럼 파리하고 위태로운 햇발. "고개를 삐죽 내민 풀꽃"이 무슨 죄가 있겠는가. 잡으려 해도 빠져나간다. 여자가 젖무덤에서 죽은 아이를 사산했을 때 남자는 있을 수 없는 일이 일어 났다고 실성한 사람처럼 중얼거렸다. 새장 속 새는 죽고, 죽은 새 대신 갇혀있던 달을 물고 산새가 날아간다. 오렌지 들판이다. 귤향

이 향그럽지만 노란 현기증이 떼로 몰려오는 들판이다. 눈이 부시도록 슬픈, 존재의 무의미가 남아있는 허무의 들판이다. 이 들판은 Eliot이 말한 「Waste Land」와 유사하며 「이중섭의 팔레트」의 '사막'과도 상통한다. 이 얘기가 설득력 있는 논리라면 이 「오렌지 들판」이라는 공간은 모든 현대인들의 가슴에 내장된 불모지의 공간이며 더 나아가 오로지 견뎌내며 건너야할 숙명의 공간인 셈이다.

눈 시린 하늘 너머
얼굴 묻고 꿈을 묻고

외딴 저 해바라기 소슬한 길을 가네
흰 나비 앉을락 말락 한가로이 짧은 행간

골똘히 그물질한
아폴론의 불씨인가

살짝 바람 지나가면 중심 휘청 흔들려도
금이 간 거울 앞에서 타오르는 문장들

— 「프랙탈」 전문

"프랙탈"은 작은 구조가 전체 구조와 비슷한 형태로 끝없이 되풀이 되는 구조를 지칭한다. 생각해보라. 어떤 것이 끝없이 되풀이 된다면 얼마나 단조롭고 따분하게 느껴지지 않겠는가. "외딴 저 해바라기 소슬한 길을" 간다. 소슬하게 한적한 길이다. "흰 나비 앉을락 말락"한다. 그러니 그것을 보는 마음은 아주 작은 변화라도 놓칠 새라 그 뒤를 연하여 좇는다. 작은 바람에도 중심이 혼들릴 정도의 초미세 공간이다. 마침내 금이 간 거울 앞에서 문장들이 타오르며 시가 된다. 금이 갔으니 일시적으로 바람이 불어왔든지 돌멩이가 날아왔으리라. 변화가 일고 구조는 잠시 이탈된다. 이런 부면을 감안해보면 「프랙탈」은 현실 속의 공간을 구체적으로 보여준다기보다 의식의 흐름을 미세하게 따라가며 단조로운 반복이 보여주는 건조함이 어떻게 변화될 수 있는가를 실험적으로 보여준 작품이라 볼 수 있다.

2. 재미성과 신선함

신준희 시인의 작품에는 재미성과 신선함이 있다. 시조는 형식의 제약 때문에 이를 구사하기가 어려운 장르다. 재미성과 신선함은 그냥 오는 것이 아니라 정황의 구체성과 정확성이 동시에 수반되기 때문이다. 더구나 평시조에서는 고도의 숙련이 필요하다

툭,

탁,

목 잘린 잎

갈대

저리

속닥속닥

떼를 지어 몰려가는

넥타이 점심 부대

하,

詩 팔

마누라가 올 때

두부 한 모 사오래잖아

－ 「소리로 오는 가을」 전문

    가을이다. 이곳저곳이 수런수런하다. 아직은 살아있다는 증거다. 시인은 그것을 아주 간명하게 스크랩한다. 낙엽들을 1연에 갈대들을 2연에 담았는데 아주 경제적으로 초장의 전구와 후구의 단지 4음보만으로 요리를 했다. 낙엽은 "툭,/탁,/목 잘린 잎"이다. 왜 하필이면 "목 잘린 잎"이라 표현했을

까. 부대끼면서도 언제 그만둬야 할지 모르는 샐러리맨의 애환과도 같은 처지를 함축적으로 보여주고자 한 표현이 아니겠는가. 갈대는 "저리/속닥속닥"이다. 낙엽은 낙엽대로 갈대는 갈대대로 소리를 내면서 소멸되는 아픔을 공유하고 있는 것이다. 동병상련同病相憐인 셈이다. 그런데 중장인 제3연을 보니 식물만 그런 아픔이 있는 것이 아니라 사람도 마찬가지로 나타난다. 종장에서는 부산하게 몰려가는 이들 중 한 사람이 뱉어낸 말이 기술된다. 마누라의 두부 한 모를 사오라는 얘기는 차마 부끄러워 못 꺼낼 얘기인데도 그것을 얘기한다는 것은 그만큼 이들이 동류의식으로 뭉쳐있다는 것이요, 이제는 더 이상 가부장제의 절대 지엄과는 상관없는 세대라는 것이다. 시인은 자신을 조소하는 듯한 표현을 통해 현대인의 우울한 자화상까지를 보여주고자 했을 것이다.

헛바람 팽팽한 저 과자봉지
'뜯는 곳'

유통기한 1919. 03. 01 제조
　　　1994. 12. 25 까지

아이고 날 뜯어먹어라 흐느끼던
아버지

아버지의 생몰연대까지를 다 제시했다. 그러면서 '뜯는 곳'의 제시와 "아이고 날 뜯어먹어라"의 방임이 서로 연결되어 점층적인 효과를 준다. 늘 뜯어먹기만을 하는 자식들의 속성을 적나라하게 형상화 했다. 단시조에 능히 이를 다 담아냈다. 능란한 요리 솜씨가 아니면 불가능하다.

몸이 다 입인 백은
두려운 포식자다

악어의 억센 턱이 집요하게 날 노린다

와드득 팔꿈치부터
물어뜯을 듯한 허기

진통제와 소화제를 달고 사는 낡은 지퍼

난파된 무의식이
세한을 그리는 밤

겉장만 남은 수첩도 숨비소리 잠근다

「악어백」을 통해서 악어의 욕망을 잘 형상화 하였다. 언뜻 보면 포식자인 악어의 얘기이지만 결국 그 주인인 시적화자에게로 이야기는 비화된다. "억센 턱이 집요하게 날 노"리니 피해자이지만 그래서 그 허기에 의해 공격을 받기도 하지만 그것은 고맙게도 시적화자의 "진통제와 소화제", "난파된 무의식", "겉장만 남은 수첩"까지도 품어주는 존재다. 시인의 육체적인 고통은 물론 정신적인 외로움까지도 치유하는 존재이다. 행갈이에 주목해 보면 묘미가 이채롭다, 두 수가 6연으로 구성되면서 1연, 3연, 5연이 2행으로 2연, 4연, 6연이 각 1행으로 구성됨으로써 완급을 절묘하게 조절하고 있다.

3. 역사의식 현실인식

신준희 시인이 모더니즘적 사고와 시의 재미성과 신선함을 유감없이 보여주는 배면에는 탄탄한 역사의식과 현실인식이 있음을 간과해서는 안된다.

모두가 기피하는 방 두 칸 북향집에
몇 번째 다시 와서 못 박혀 선 늙은 여자
엇갈린 발자국소리 마당귀에 쏠린다

꽉 닫힌 창 너머에 웃자란 수심 깊어

난바다 미늘에서 뒤척이는 떠돌이별

토막 난 새벽 꿈자리 머리칼만 희었다

임진각 너른 물줄기 기슭을 쓰다듬듯

묘향산 강대나무 남으로 몸 여는 날

반쪽인 날개로라도 고향집 가고 싶다

아무도 떼지 못할 DMZ 허리에서

끊어진 철길에 핀 노을빛 목쉰 울음

산과 강, 하늘을 연다 쇠기러기 한 마리

– 「개성댁」 전문

「개성댁」은 개성여자를 통해 분단의 아픔을 내밀하게 짚
어낸 작품이다. 개성댁은 남들이 다 기피하는 "방 두 칸 북
향집"에 들어서 "몇 번째 다시 와서 못 박혀 선 늙은 여자"
이다. 만해가 일본을 기피해서 북향으로 창문을 내고 살았
다고 전해지는데 어느 곳을 향한다는 것은 그만큼 간절한
염원이기에 그럴 것이다. 마지막 수에서 개성댁은 "DMZ 허
리", "끊어진 철길에", "목쉰 울음"우는 "쇠기러기 한 마리"로
형상화 된다. 그런데 그 쇠기러기는 "산과 강, 하늘을" 여는
통일 지향의 새로 나타난다. 저 반공 이데올로기가 한창인
1956년에 「휴전선」이란 시로 화려하게 등단한 박봉우 시인은

"저어 서로 응시하는 쌀쌀한 풍경. 아름다운 풍토는 이미 고구려 같은 정신도 신라 같은 이야기도 없는가./ 별들이 차지한 하늘은 끝끝내 하나인데…… 우리 무엇에 불안한 얼굴의 의미는 여기에 있었던가."라고 하여 남북 분단 비극의 아픔을 동일한 시각으로 형상화 하였다. 이후 그는 동해의 갈매기가 남과 북을 자유롭게 왕래하는 것을 보고도 그렇게 하지 못하는 우리 자신을 한탄하기도 하였다. 여기의 「개성댁」을 "쇠기러기 한 마리"의 "끊어진 철길에 핀 노을빛 목쉰 울음"으로 형상화한 것은 이러한 통일 지향을 아주 구체적이고 명징하게 보여주고 있다고 볼 수 있다.

피지 마라 꽃들아 날지 마라 새들아

꽃샘바람 회오리 옷깃 속 파고들면

파도로 무너지는 마음 썰물 지는 봄날에

꽃 피었다 진 자리 깊게 박힌 못이 있어

뿌리처럼 얽힌 기억은 다이달로스의 미로일까

밀랍의 날개로 만든 꽃이여 피지 마라

                                                   − 「망월동 봄」 전문

　「망월동 봄」은 광주민주화운동의 아픔을 형상화하고 있
는 작품이다. 시적화자는 "피지 마라 꽃들아 날지 마라 새들
아"라고 주문한다. 피지 못하고 날지 못하면 죽은 것인데 그
것을 주문하는 것은 다분히 역설적이라고 볼 수 있다. 그 역
설의 자리에는 "깊게 박힌 못이 있"고 "밀랍의 날개로 만든
꽃"이 있다. 상처의 통증과 무생명의 자리이니 오히려 피지
말라는 것이다.

　비오는 날 눈에 힐끗
　모시나비 지나간다

　무거울 것도 없는
　손톱만한 작은 날개

　한 평생
　날아온 곳이

　서울역 쪽잠이라니!

                                                   − 「노숙」 전문

비오는 날에 모시나비라니! 눈에 힐끗 이니 그렇지 않다는 얘기도 되는 것이니 사실이 아니어도 할 말이 없다. "무거울 것도 없는/손톱만한 작은 날개"가 어찌 비 오는 날의 거침을 이겨낼 수 있을 것인가. 모시나비계통의 나비들은 빙하시대의 추운 기후를 극복하고 살아남은 생명력이 강한 종으로 알려져 있다. "손톱만한 작은 날개"이긴 하지만 험난한 세월을 어느 것 하나 가리고 안 해본 적 없이 다 감당하며 겪어냈다. 그런데 집도 절도 없이 마지막 남은 것이 노숙인이라니 기가 막히지 않은가. 가게 보증금을 빼서 직원 퇴직금을 주고 노숙마저도 할 수 없어 목숨을 끊기도 하는 것이 오늘의 서민들이 처한 우울한 자화상이다.

또한 신준희 시인의 작품에는 "아스라한 저 끝까지/도착할 수 있을까/갑옷 속 날 선 가시 스스로를 겨냥하여/제 살갗 물어뜯고서야 점화되는 꽃뇌관"이란 집약화된 묘사의 절창을 보여주고 있는 「우포 가시연」과 "돌무덤 시퍼런 이름/ 왔다가네 저 나비"를 통해 "낚시 바늘처럼 그가 외로 누워 꿈에 잠길 때"를 그리워하는 「그물무늬나비」, "또 한 철 살겠다고/ 맴 맴 맴"하기도 하는 소금쟁이와 "거울 속/ 말씀 다 접고/ 도망 나온 노랑어리연"이 있는 「개심사 경지鏡池」 등의 작품에서는 생태환경에 대한 적지 않은 인식을 보여준다. 이러한 작품에서도 시적화자는 단순하게 생태만을 그려내는 것이 아니라 "철부지 길을 잃고 부처와 헤매고 싶은 그 자리 안개는 연꽃이 되는데 얼마나 많은 시간이 걸렸을까"라는 시간과 공간을 초월하는 상상력의 확장을 보여주기도 한다.

　지금까지 우리는 신준희 시인의 작품세계를 살펴보았다. 한국시조단에 있어 신준희 시인은 현대인의 모더니즘적 사고를 시조에 이입하고 이를 통해 불안과 허무에 놓인 상황을 예리하게 형상화하였다. 시의 재미성과 신선함을 유감없이 보여주면서 진지하게만 나가고 있는 시조에 과감하게 칼날을 들이 대고 있다. 동시에 탄탄한 역사의식과 현실인식을 바탕으로 선이 굵은 시대사의 인식을 분명하게 그어주고 있다.
　이후를 예견하는 한 편의 시가 있어 이를 인용하며 마무리 짓고자한다.

　　추락한 바닥에서 뼈대만 겨우 남아
　　마침내 경매로 넘어간 2003호 빈 둥지
　　가슴 속 시린 별자리
　　무릎 꺾은 벽이 있다

　　이름 모를 풀꽃 앞에 가만히 앉고 싶은 봄
　　고래실업 익스프레스 사다리차 올라간다
　　불황을 거슬러 오른

저 아득한 경사각

한치 앞 안 보여도 맨몸으로 밤을 건너
저 혼자 고치를 벗고 날아든 햇살처럼
말없이 사표 낸 딸이
담을 돌아오는데

바람에 넘어질 때마다 눈물은 더 단단해져
잘라도 다시 움트는 욕망을 복제하며
외줄기 서늘한 목숨
푸른 생을 못 박는다

– 「담쟁이 DNA」 전문

　　그곳은 현실이 살아 있으며 모더니티한 사고가 겹무늬를 만드는 곳 "가슴 속 시린 별자리/ 무릎 꺾은 벽이 있"고 "고래실엽 익스프레스 사다리차"와 "아뜩한 경사각"이 있는 곳이다. 시인화자는 이러한 공간에서 "잘라도 다시 움트는 욕망을 복제"해서라도 "푸른 생을 못 박는" 치열함으로 나가고자 한다.

　　부디 작품을 얘기할 때 생명이나 다름없는 시적긴장을 결코 놓지 않는 「담쟁이 DNA」를 지니며 앞으로도 시인의 길을 당당하게 펼쳐나가길 바란다.

이중섭의 팔레트 ──────────

초판 인쇄 2021년 12월 17일
초판 발행 2021년 12월 24일

지은이   신준희
펴낸이   장지섭
북디자인 김은숙
인쇄/제본 (주)금강인쇄
펴낸 곳   도서출판 시인
         등록번호 제384-2010-000001호
         등록일자 2010년 1월 11일
         13992 경기도 안양시 만안구 안양로 320번길 20(안양동) B동 2층
         Tel 031-441-5558 Fax 031-444-1828
         E-mail : siin11@hanmail.net

※ 이 책은 2021년 경기문화재단 지금예술 창작지원을 받아 제작되었습니다.